GUÍA DE LECTURA

Escrita por Catherine Nelissen
Traducida por María Olivera Álvarez

Crimen y castigo

de Fiódor Dostoyevski

Entiende fácilmente la literatura con

ResumenExpress.com

www.resumenexpress.com

FIÓDOR DOSTOYEVSKI

- **Nació en 1821 en Moscú (Rusia)**
- **Murió en 1881 en San Petersburgo (Rusia)**
- **Algunas de sus obras:**
  - *Crimen y castigo* (1866), novela
  - *El idiota* (1868), novela
  - *Los hermanos Karamazov* (1880), novela

Fiódor Dostoyevski nació en Moscú en 1821. Considerado uno de los novelistas rusos más importantes, dejó huella por sus reflexiones metafísicas y su compromiso patriótico.

Sus obras más conocidas se publicaron en Europa durante un periodo de exilio debido a que frecuentaba círculos progresistas rusos. *Crimen y castigo* (1866) y *El idiota* (1868) abrieron así la fase de madurez del autor. Dostoyevski fue alabado cuando volvió a Rusia en 1871. Su última novela, *Los hermanos Karamazov* (1880), se publicó unos meses antes de su muerte en San Petersburgo en 1881.

CRIMEN Y CASTIGO

UNA TORTURA PSICOLÓGICA COMO CASTIGO DEL CRIMEN

- **Género**: novela
- **Edición de referencia**: Dostoyevski, Fiódor. 1985. *Crimen y castigo*. Traducido por Juan López-Morillas. Madrid: Alianza Editorial
- **Primera edición**: 1866
- **Temáticas**: crimen, culpabilidad, sufrimiento, locura, salvación, fe

Publicada en 1866, *Crimen y castigo* es una de las novelas más conocidas de Dostoyevski. Narra la historia de Raskolnikov, un joven estudiante pobre que asesina a una anciana prestamista y a su hermana para sacar a su familia de la miseria. El sufrimiento psicológico que acosa al joven es una temática que el autor aprecia, y este largo relato constituye una de sus presentaciones más bellas.

En *Crimen y castigo* el autor desarrolla sus vistas religiosas y existencialistas insistiendo en el tema de la salvación mediante la fe. El estilo complejo e innovador de la novela sirve para analizar profundamente la psicología humana.

RESUMEN

PRIMERA PARTE

En la segunda mitad del siglo XIX, Rodión Raskolnikov es un joven estudiante ruso que se ve obligado a abandonar el curso por falta de dinero, y vaga sin objetivo por las calles de San Petersburgo. Considera matar a una anciana prestamista para robarle y utilizar ese dinero para mejores fines. Convencido de que es un superhombre fuera de lo común de los mortales gracias a sus cualidades extraordinarias, Raskolnikov está convencido de que tiene derecho a infringir las leyes para servir ideales que él juzga nobles. Sin embargo, no deja de preguntarse: ¿ese crimen que planea cometer, será en realidad una obra de bien o será percibido como un mal? El joven, pese a todo, está decidido a llegar hasta el final. Una carta enviada por su madre lo empuja a hacerlo: en ella le dice que su hermana Dunia ha decidido casarse con Lujin, un hombre rico pero odioso, para ayudarle económicamente. Raskolnikov, desconcertado por esta noticia, acude una noche a casa de la vieja prestamista. Ella conoce al joven porque ya le ha prestado dinero; se fía y lo deja entrar. Entonces Raskolnikov saca un hacha y la utiliza sin dudar. Pero ocurre algo imprevisto: la media hermana de la anciana llega de forma inesperada. El estudiante, aterrorizado, se abalanza sobre esta y la mata también. Totalmente enloquecido, comienza la búsqueda de su botín. Pierde la cabeza: actúa sin método y llena sus bolsillos de todo lo que encuentra hasta que oye que llaman a la puerta. Dos hombres esperan en el rellano y decide echar el cerrojo. Los desconocidos se extrañan y cuando deciden bajar a pedir ayuda, Raskolnikov aprovecha para escaparse.

SEGUNDA PARTE

De vuelta a su casa, Raskolnikov, agitado y nervioso, se duerme inmediatamente. Cuando se despierta, lo primero que piensa es que se ha vuelto loco. Todo ha ido demasiado lejos: su segunda víctima nunca debería haber muerto. Entonces, se obsesiona con hacer desaparecer todas las pruebas de su crimen: sin saber cómo proceder y sin lograr reflexionar, intenta disimular su ropa manchada de sangre y los objetos sustraídos.

Nastasia, criada de la casa donde Raskolnikov se hospeda, le informa de que lo han citado en la comisaría de policía. Asustado, acude a lo que cree que es su juicio. La calma lo invade por completo cuando ve que solo se trata de sus deudas con la dueña de la casa. Sin embargo, su conciencia le corroe: ¿no debería reconocerlo todo? Cuando los policías comienzan a hablar del doble asesinato, se desmaya. Cuando vuelve en sí, acude a casa de su amigo Razumikhin y después va a su casa, donde entra en una especie de coma febril. Nastasia y Razumikhin lo cuidan hasta que se recupera. Cuando recobra el sentido, se entera de que han detenido a un pintor que trabajaba en el edificio de la anciana la noche del asesinato. Poco después, Razumikhin le revela que el juez de instrucción Porfirio Petrovich quiere verlo.

TERCERA PARTE

Raskolnikov, todavía convaleciente, recibe la visita de su

madre y de su hermana. Se muestra frío con ellas y subraya que no quiere que Dunia se case con Lujin. Pero Razumikhin cae bajo los encantos de Dunia. Mientras todos están reunidos en casa de Raskolnikov, aparece Sonia, la hija prostituta de Marmeladov, un hombre con el que el joven estudiante ha tratado recientemente. Ella llega tras la muerte de su padre para invitar a Raskolnikov al entierro: esto demuestra que él está muy pendiente de Sonia, algo que intriga a su madre y su hermana. Las mujeres se despiden y es entonces cuando Raskolnikov le habla a Razumikhin de la entrevista con Petrovich a la que debe acudir, y ambos deciden ir inmediatamente ante él. El juez de instrucción lleva a cabo un interrogatorio camuflado que lleve a Raskolnikov a reconocer su culpabilidad, pero este no se dejará embaucar.

CUARTA PARTE

Al día siguiente, Svidrigailov –antiguo jefe de Dunia que le había hecho proposiciones deshonestas a la joven– entra en la habitación de Raskolnikov. Le pide que le diga a su hermana que desea entregarle una importante suma de dinero para que le perdone sus errores del pasado. Se retira y cede su lugar a Lujin, Dunia y su madre. Lujin, que se ha enterado de la llegada de Svidrigailov a San Petersburgo, pone advierte a Dunia bajo aviso. Entonces Raskolnikov les confiesa la visita de este y su intención. Lujin entra en cólera y los demás le piden que se vaya. Dunia acepta el obsequio de su antiguo jefe y piensa volver al campo con su madre. Pero Razumikhin le pide que se quede para que participe con Raskolnikov y con él en un negocio de traducción y edición de libros. Todos aprueban esta idea y Raskolnikov le pide a su amigo que cuide de su madre y su hermana. Más tarde va a casa de Sonia para preguntarle sobre su fe en Dios: ella le responde con tanta piedad que lo conmueve. Entonces decide que le confesará su crimen cuando esté preparado. Después acude ante Petrovich para otro interrogatorio. El juez de instrucción está seguro de que Raskolnikov es culpable: un testigo lo vio entrar en casa de la anciana. Pero de repente estalla un golpe teatral: Nicolás, uno de los dos pintores que trabajaban esa noche en el edificio de la mujer asesinada, anuncia que él es el asesino, con el objetivo de salvar a su amigo inculpado.

QUINTA PARTE

Al día siguiente es el entierro de Marmeladov. Lujin, furioso porque Dunia lo ha rechazado, decide tomarla con Sonia, porque sabe del vínculo que la une a Raskolnikov. Va a su casa para, digamos, ofrecerle dinero, y aprovecha para introducir hábilmente un billete de 100 rublos en un bolsillo de la joven. Durante la comida en honor del difunto, Lujin reaparece para acusar a Sonia ante todos los invitados de ser una ladrona. Raskolnikov acude a casa de su joven amiga humillada. Le reconoce su crimen y le suplica que nunca lo abandone. Sonia, si bien está asustada por el acto que ha cometido el hombre que ama, le promete acompañarlo en su sufrimiento. Los interrumpe un hombre que les anuncia que la madrastra de Sonia se ha vuelto loca y que está a punto de morir. Acuden a su casa y presencian su muerte. Svidrigailov llega para ofrecerle una ayuda económica a Sonia. Después le dice a Raskolnikov que es el vecino de la joven y que ha escuchado toda su conversación: sabe que es culpable de asesinato.

SEXTA PARTE

Raskolnikov se encuentra mentalmente torturado. Teme la condena tanto como la espera. Petrovich anuncia francamente a Raskolnikov que sabe que es culpable. Le pide que confiese y así, descansar. Entonces el joven va a casa de Svidrigailov para saber si pretende revelar a Petrovich lo que escuchó la noche anterior; pero no, esa no es su intención. De hecho, todavía tiene la esperanza de poder acercarse a Dunia y, cuando se encuentra con ella un poco más tarde, le dice que Raskolnikov es un asesino. Ella, desesperada, saca un arma y amenaza a Svidrigailov antes de huir. Este comprende que la joven nunca lo amará y se suicida. En cuanto a Dunia, va a casa de su hermano y se despiden. Después Raskolnikov va a ver a Sonia, antes de entregarse en la comisaría.

EPÍLOGO

Tras nueve meses detenido en Siberia, Raskolnikov está muy débil. El tribunal, teniendo en cuenta su estado y su declaración, lo condenó a ocho años de trabajos forzados. Sonia lo siguió hasta Siberia y va a visitarle frecuentemente a la prisión. Raskolnikov le declara su amor y vuelve a encontrar la fe. A partir de entonces comienza su regeneración.

ESTUDIO DE LOS PERSONAJES

RASKOLNIKOV

El personaje principal de la novela es un joven de 24 años que, escaso de dinero, se vio obligado a abandonar los estudios. Es un chico de campo que vive solo en San Petersburgo, donde su orgullo oscuro e insensibilidad tienen una reputación. Su amigo Razumikhin lo describe de la siguiente forma:

> «[...] es hosco, sombrío, altivo y orgulloso [...]. No le gusta alardear de lo que siente y cometería una crueldad antes de expresar con palabras lo que lleva en el corazón. A veces, sin embargo, no es hipocondríaco, sino sencillamente frío e insensible hasta lo inhumano [...]. Dice que no tiene tiempo para nada, que le estorba todo el mundo y, sin embargo, se pasa las horas muertas tumbado sin hacer maldita la cosa [...]. Se tiene a sí mismo en gran estima, quizá con razón bastante» (Dostoyevski 1985, tercera parte, cap. 2).

Raskolnikov es un anticonformista que se considera un superhombre con derecho a transgredir las leyes. Por un ideal de justicia, no duda en matar a una anciana usurera y a su hermana, creyendo así que ayuda a esa pobre gente que se ve obligada a entregar a la anciana sus objetos preciosos a cambio de algunas monedas. Sin embargo, una vez ha cometido el crimen, el joven cree que se está volviendo loco debido a lo culpable que se siente. Se cuestiona sobre sí mismo y demuestra humildad al reconocer su error. Exiliado en Siberia, se convierte en lo contrario de lo que creía ser: de su pretensión de ser un superhombre se convierte tan solo en un hombre ordinario, sometido a las leyes comunes.

Degradado por todos, se vuelve hacia Dios: su fe en él y su
amor por Sonia, una joven prostituta, impulsan su renaci-
miento y se redención.

SONIA

Es una joven de 18 años que se prostituye para satisfacer las
necesidades de su familia. A pesar de este deshonor, su alma
sigue pura. Es ella quien presiona a Raskolnikov a que confiese ante el juez de instrucción. Está enamorada del joven
y no duda en acompañarlo a Siberia, convencida de que la
salvación de sus almas solo podrá ocurrir en el sufrimiento.
Profundamente piadosa, Sonia es apreciada por todos en
el campo siberiano, donde se la considera una especie de
santa:

> «Y cuando visitaba a Raskolnikov en los talleres o se encon-
> traba con un grupo de presos que iban al trabajo, todos se
> quitaban las gorras y la saludaban inclinándose: "Sofya
> Semionovna, eres nuestra madre afectuosa y buena", era lo
> que esos presidiarios toscos y estigmatizados decían a esta
> criaturita frágil» (Dostoyevski 1985, epílogo, cap. 2).

PORFIRIO PETROVICH

Petrovich es el juez de instrucción encargado del asesinato
de la usurera y de su hermana. Rápidamente está convencido de que Raskolnikov es el culpable e intenta en vano que
lo reconozca: durante sus conversaciones con el joven mul-
tiplica las alusiones al crimen, intentando ponerlo contra la
pared. Raskolnikov teme tanto a Petrovich como lo odia: «Le
odiaba desmedidamente, con odio infinito, hasta el extremo

de recelar que ese odio podría traicionarle» (Dostoyevski 1985, cuarta parte, cap. 5).

El juez de instrucción se arma de paciencia y prefiere jugar al gato y el ratón; en otras palabras, prefiere provocar a Raskolnikov en lugar de ordenar su detención y atacarlo directamente. Su conocimiento de la psicología humana es su mejor baza. De hecho, empuja la audacia hasta explicar su estrategia al mismo sospechoso:

> «Si dejo en paz a un individuo y no lo detengo ni lo molesto, pero le hago saber, o al menos sospechar, a cada hora y minuto que estoy al cabo de la calle y no le quito ojo de encima noche y día, y si se halla en estado constante de incertidumbre y terror, acabará por perder la cabeza; y él mismo vendrá a entregarse [...]» (Dostoyevski 1985, cuarta parte, cap. 5).

RAZUMIKHIN

Razumikhin, único amigo de Raskolnikov, es sin duda el personaje más positivo de la novela. Dostoyevski lo describe en los términos siguientes:

> «Este era un chico sumamente vivaracho y locuaz, bondadoso hasta la simpleza. Pero a cubierto de esta simpleza había hondura y dignidad. Sus mejores amigos se percataban de ello y todo el mundo le estimaba. [...] Razumihin poseía otra cualidad sobresaliente, a saber, que ningún fracaso le sacaba de sus casillas y ninguna circunstancia adversa lograba amilanarlo» (Dostoyevski 1985, primera parte, cap. 4).

Servicial, el joven ayuda no solo a Raskolnikov sino también a su madre y su hermana. Malvive como traductor y termina casándose con Dunia, de quien se enamora desde el primer momento en que se ven.

DUNIA

Es la hermana de Raskolnikov y vive totalmente entregada a este. Por eso, al principio de la novela, no duda en aceptar casarse con Lujin, un hombre rico al que no ama en absoluto, para poder ayudar económicamente a su hermano. Dunia también vende su cuerpo para ayudar a su familia. Es una mujer fuerte y extraordinariamente hermosa. Antes trabajaba como niñera para pagar las deudas de su madre y de Raskolnikov, y tenía que soportar las intenciones de su jefe de seducirla. Una gran valentía y una inmensa entrega la caracterizan a lo largo de todo el relato. Finalmente se casa con Razumikhin.

CLAVES DE LECTURA

CRIMEN Y CASTIGO, UN TÍTULO EXPLÍCITO

Al titular su novela *Crimen y castigo*, Dostoyevski da al lector la clave de su obra. En efecto, el tema se puede resumir en esas dramáticas palabras: la primera parte de la novela cuenta la preparación y la ejecución del crimen por Raskolnikov, y las cinco partes siguientes muestran la tortura psicológica que sufre el joven tras el asesinato.

Es necesario saber que la temática del castigo moral se convirtió en una obsesión para Dostoyevski tras el asesinato de su padre por sus criados. Durante los cuatro años que pasó realizando trabajos forzados, el autor pudo interesarse de cerca por la psicología de los criminales. En *Crimen y castigo* expone sus observaciones sobre la compleja mente de los delincuentes. La brevedad y la facilidad del crimen vienen seguidas de un largo periodo de sufrimiento moral, en el que el escritor se detiene:

- el autor pone claramente el acento sobre el castigo con el objetivo de destacar el alcance moral de la obra: si bien el crimen es cometido por Raskolnikov con rapidez e indiferencia (primera parte de la novela), el castigo constituye un peso muy difícil de soportar (de la segunda parte a la sexta);
- Dostoyevski insiste en las diferencias que existen entre «el antes del asesinato» y «el después del asesinato». La mente metódica y racional del principio cede su lugar a un sentimiento de culpabilidad que no conoce límites y

que lleva a Raskolnikov a la locura. Los razonamientos breves y puntillosos («Pero los preparativos no eran gran cosa. [...] En primer lugar tenía que hacer un lazo y coserlo dentro del gabán –cuestión de un momento–», Dostoyevski 1985, primera parte, cap. 6) vienen seguidos de un laberinto de preguntas nerviosas y actos sin sentido que recoge el autor en páginas enteras:

> «–¿Cómo he podido dormirme cuando nada hay hecho? Sí, sí. Aún o he arrancado el lazo de la sobaquera. ¡Lo olvidé, sí! Pero ¿cómo pude olvidarlo? ¡Vaya pista que dejaba!
> Arrancó el lazo y empezó sobre la marcha a cortarlo en pedazos, que fue metiendo entre la ropa blanca que tenía bajo la almohada.
> –En todo caso, los pedazos de tela blanca no podrán despertar sospechas. Por lo menos, así me parece, así me parece –repitió [...]» (Dostoyevski 1985, segunda parte, cap. 1).

- La relación entre el crimen y la sanción la establece claramente el escritor: el asesinato está omnipresente en la cabeza del personaje y en eso consiste el castigo principal;
- el delito conlleva inevitablemente la condena. El propio Raskolnikov destaca la inmediatez con la que se presenta el castigo tras el asesinato de la siguiente forma: «¿Cómo? ¿Está empezando ya? ¿Es posible que esto sea ya el principio de mi castigo? ¡Ahí está! ¡Ya me lo figuraba!» (Dostoyevski 1985, segunda parte, cap. 1);
- el castigo es total, tanto físico, como psicológico y también legal: fiebre, locura, paranoia y trabajos forzados se suman en esta novela para castigar a Raskolnikov;
- los personajes secundarios culpables de delitos también

son castigados. Por ejemplo Svidrigailov, el antiguo jefe de Dunia que se había insinuado a la joven y que envenenó a su propia mujer, enloquece antes de suicidarse.

UN CUADRO DE LA SOCIEDAD RUSA DEL SIGLO XIX

Dostoyevski se interesó mucho por la vida política y social de Rusia. Su compromiso socialista, su condena a trabajos forzados y al exilio o también su trabajo como redactor de revistas políticas son las pruebas más obvias. En *Crimen y castigo* el autor ilustra muchas realidades de su época:

- la miseria que afectaba al pueblo ruso del siglo XIX se transmite mediante muchas imágenes. Se sentie desde las primeras líneas del relato. Raskolnikov se presenta como un joven con la apariencia de vagabundo que subalquila un «cuchitril [que] se hallaba bajo la techumbre misma de un edificio [...] y más parecía alacena que habitación» (Dostoyevski 1985, primera parte, cap. 1), en los barrios bajos de San Petersburgo, que se describen de la siguiente forma: «El calor era sofocante en la calle. El bochorno, el gentío y por doquiera encalado, andamios, ladrillos, polvo, y ese hedor estival tan conocido de todo peterburgués que no puede alquilar una casa en el campo» (*ib.*);
- el alcoholismo, fenómeno social importante en la Rusia miserable de la época, tiene numerosas alusiones en la novela. El autor introduce este problema en el segundo capítulo del relato mediante Marmeladov, un padre de familia incapaz de alimentar a los suyos que se refugia en

la bebida: «– Señor mío –empezó en tono casi solemne–, la pobreza no es un vicio; es verdad. Y con mayor razón la embriaguez no es una virtud, como yo bien me sé. Pero la mendicidad, señor mío, la mendicidad sí es un vicio. En la pobreza conserva uno todavía la nobleza congénita de sus sentimientos; en la mendicidad jamás, ni nadie puede conservarla» (Dostoyevski 1985, primera parte, cap. 2);

- la prostitución afecta a un importante número de mujeres de la época. Así, Dostoyevski convierte a su personaje femenino principal en una prostituta: Sonia, para mantener a su familia, no tiene más remedio que vender su cuerpo.

LA TEMÁTICA DE LA SALVACIÓN POR MEDIO DE LA FE

A lo largo de todo el relato Dostoyevski muestra que, ante todo, desea encauzar a Raskolnikov por el buen camino. Este, en la mente del autor, no es otro salvo el de la fe, en la cual cada uno puede encontrar el perdón y la redención. El escritor utiliza para ello a Sonia como guía del joven criminal. La joven mujer, muy piadosa, intriga a Raskolnikov respecto a la religión: encuentra en ella una pureza que desea por encima de todo. Entonces, se establece un vínculo muy fuerte entre el asesino y la dulce prostituta. La evolución de Raskolnikov hacia la fe ocurre al lado de Sonia:

- Sonia le lee a Raskolnikov el relato de la resurrección de Lázaro en la Biblia de una de sus víctimas. Se trata de una revelación para el antiguo estudiante: «Yo soy la resurrección y la vida; el que cree en mí, aunque esté muerto, vivirá» (Dostoyevski 1985, cuarta parte, cap. 4);

- Entonces Raskolnikov vuelve a cuestionarse. Después de una larga reflexión y de nuevo con Sonia, ella le regala una cruz de madera de ciprés. Él exclama: «Así, pues, este es el símbolo de que cargo con mi cruz, ¡je, je! ¡Como si no hubiera sufrido bastante hasta ahora! La de ciprés es la campesina; [...]» (Dostoyevski 1985, sexta parte, cap. 7). Él, que se creía un superhombre, recae en la masa popular. La toma de conciencia es enorme;

- Sonia recomienda a Raskolnikov que reconozca su crimen al pueblo y que le pida perdón: «Ve ahora mismo, en este mismo instante, plántate en la encrucijada, inclínate, besa primero la tierra que has mancillado y luego prostérnate ante el mundo entero, ante los cuatro puntos cardinales, y di en voz alta a todos los que pasen: "¡He matado!"» (Dostoyevski 1985, quinta parte, cap. 4). Él obedece antes de ir a reconocer su delito ante el juez de instrucción;

- la liberación ocurre en Siberia. El amor que une a los dos jóvenes salva a Raskolnikov: «El amor les había resucitado, y el corazón de cada uno era un manantial inagotable de vida para el otro. [...] Tenían aún siete años por delante [...]. Pero él había vuelto a la vida; lo sabía y lo sentía con todo su ser» (Dostoyevski 1985, epílogo, cap. 2).

PISTAS PARA LA REFLEXIÓN

ALGUNAS PREGUNTAS PARA PROFUNDIZAR EN SU REFLEXIÓN...

- Varios tipos de castigo entran en juego en el relato: clasifíquelos en función del grado de intensidad y sus relaciones de dependencia (tal tipo de castigo conlleva este otro) y justifique su clasificación.
- Cite tres elementos que empujan a Raskolnikov a cometer su crimen.
- En la primera parte de la novela, Raskolnikov tiene un sueño simbólico: vuelve a ver una yegua que un borracho había golpeado hasta la muerte cuando él era niño. ¿Qué realidades sociales refleja dicho sueño?
- Explique la teoría sobre la que se apoya Raskolnikov para ejecutar su crimen. ¿De qué filósofo la toma Dostoyevski?
- Cite dos géneros literarios a los que pertenece *Crimen y castigo* y explique por qué.
- ¿A qué personaje histórico se compara el joven asesino? ¿Cuál es el objetivo de esta comparación?
- ¿En qué aspecto constituye Raskolnikov un antihéroe?
- Comente la siguiente declaración que hace Raskolnikov: «¡No maté a un ser humano; maté un principio! Maté un principio, pero lo que es superar, no logré superar nada. Me quedé del lado de acá... Solo fui capaz de matar» (Dostoyevski 1985, tercera parte, cap. 6).
- «Raskolnikov es un ser lleno de contradicciones»: desarrolle esta afirmación apoyándose en ejemplos.
- ¿A qué otra novela de Dostoyevski recuerda *Crimen y castigo*? Céntrese en el comportamiento y los ideales del

personaje principal.

¡Su opinión nos interesa!
¡Deje un comentario en la página web de su librería en línea,
y comparta sus favoritos en las redes sociales!

PARA IR MÁS ALLÁ

EDICIÓN DE REFERENCIA

- Dostoyevski, Fiódor. 1985. *Crimen y castigo*. Traducido por Juan López-Morillas. Madrid: Alianza Editorial.

ESTUDIOS DE REFERENCIA

- Backès, Jean-Louis. 1995. *Crime et Châtiment de Fedor Dostoïevski*. París: Gallimard, colección *Foliothèque*.
- Perrot, Jean. 1970. *Crime et Châtiment, Dostoïevski*. París: Hatier, colección *Profil d'une oeuvre*.

ADAPTACIONES

- *Crime et Châtiment*. Dirigida por Georges Lampin, con Jean Gabin y Robert Hossein. Francia, 1956.
- *Crime et Châtiment*. Obra de teatro de Robert Hossein, con Francis Huster y Mélanie Thierry. Francia, 2001.
- *Crime et Châtiment*. Telefime dirigido por Stellio Lorenzi. Francia: 1971.

EN RESUMENEXPRESS.COM

- Guía de lectura de *El idiota* de Fiódor Dostoyevski.